La vache de Mme Leary

Une légende de Chicago

CC Hiné

Writat

Cette édition parue en 2024

ISBN : 9789359940212

Publié par
Writat
email : info@writat.com

Contenu

"ORIGINE DE L'INCENDIE DE CHICAGO. ....- 1 -
MME. LA VACHE DE LEARY. ....- 2 -

"ORIGINE DE L'INCENDIE DE CHICAGO.

"De l'autre côté de cette carte se trouve une image réaliste de Mme Leary et de la vache qui a renversé la lampe qui a provoqué le grand incendie de Chicago.

"Mme Leary gagnait sa vie en vendant du lait; elle avait cinq vaches et les gardait dans sa grange de la rue De Koven , sur la rive ouest de la rivière. Une voisine l'a appelée pour une pinte de lait à neuf heures. dimanche soir, le 8 octobre, et Mme Leary, après avoir vendu tout ce qu'elle possédait, se rendit à la grange avec sa lampe pour faire une nouvelle traite sur sa meilleure vache. La vache, comme le montre la photo, étant un animal fougueux, devint. indigné par cette tentative, a renversé la lampe, mettant le feu à la grange, et inaugurant ainsi le plus grand incendie que le monde ait jamais vu. "]

MME. LA VACHE DE LEARY.

C'est la vache, à la porte arrière de Leary,

Où elle se trouvait dans la nuit du 8 octobre

Avec sa vieille corne froissée et son sabot belliqueux,

Avertir toutes les « voisines » de se tenir à l'écart.

Ah ! c'est la vache à la corne froissée

Cela a renversé la lampe qui a mis le feu à la grange

Cela a provoqué le grand incendie de Chicago !

C'EST Chicago, toute détruite et incendiée,

Le paradis vers lequel se tournaient les assureurs ;

Mais d'où ils éloignent maintenant les visages tristes,

Profondément contrarié par les pertes qu'ils sont appelés à payer,

Depuis que le démon du feu a encerclé la ville ce jour-là.

Et ils insultent la vache à la corne froissée

Cela a renversé la lampe qui a mis le feu à la grange

Cela a provoqué le grand incendie de Chicago !

THE FIRE FIEND ENCIRCLED THE CITY.

C'est la gamme de cadres du meilleur pin du nord,

Le banquet où les flammes affamées aiment dîner,

Quels agents parviennent si souvent à *ne pas* décliner,

Mais écrivez (dans leurs bols) une « ligne modérée »,

Parce que, ne voyez-vous pas, la commish est si belle.

Ha! c'est la gamme que je suis ravi de transporter

Le passager s'enflamme sur le propre ferry du diable,

Et utilisez le mal en le propageant plus rapidement

Que les hommes pourraient rivaliser avec le terrible désastre.

Comme les souvenirs sont tristes et étranges maintenant

Qui pendent autour des talons de cette vieille vache Leary...

Cette misérable vieille vache à la corne froissée

Cela a renversé la lampe qui a mis le feu à la grange

Cela a provoqué le grand incendie de Chicago !

C'est la Compagnie, sombre et maussade,

Ce qui avoue qu'il a quelques (?) pertes, oui *certaines* !

Mais ses officiers pensent que leur meilleure devise est « maman ».

Tandis qu'ils caressent leur menton gris, ont l'air sages et chantent bêtement ;

Pendant qu'ils sont à l'intérieur, ils prient : « Bon Dieu, s'il te plaît, délivre

Nos âmes de la peur du récepteur du vieux Miller. »

Et ils voient avec la haine la plus acrimonieuse

Cette vache régurgitant à la porte arrière d'O'Leary,

Alors qu'elle se tenait debout dans la nuit du 8 octobre,

Quand elle a donné un coup de pied à la lampe qui a mis le feu à la grange

Cela a provoqué le grand incendie de Chicago !

VOICI la déclaration faite par la société :

(Administrateurs et officiers en masse,

Pour ramollir le pot lorsqu'il atteint le niveau supérieur ,

Où les millions de pertes devront être payées.)

"Notre agence enregistre, nous le regrettons profondément,

Sont brûlés à Chicago, sont dehors sous la pluie,

Ou bien il y a, h—m, il y a un léger obstacle,

Quelque chose ou autre, du sable ou des sédiments

Est entré dans le trou de la serrure, a désordonné la serrure,

Ou rasé les dividendes, arrosé les actions,

Ou quelque chose insignifiante pas encore tout à fait visible ;

Mais la *Compagnie* , monsieur, va bien, va bien ;

THE STATEMENT THE COMPANY MADE.

Notre surplus est en sécurité et notre stock est intact,

Nos pertes sont toutes réassurées. Pourquoi, en fait,

Nous n'avons jamais, dans toute notre carrière officielle,

Je me sentais plus gai et festif , plus plein de bonne humeur.

Augmentez simplement les tarifs et continuez vos affaires,

Ces pertes seront toutes arrangées avec brio.

La chose que nous aurons redressée en un tournemain,

Et le prochain que vous entendrez sera dix pour cent, divvy. »

Mais il fallait les voir quand, dans l'arrière-boutique,

Ils ont lancé des anathèmes comme un canal de moulin

Sur cette vieille vache Leary à la corne froissée

Cela a renversé la lampe qui a mis le feu à la grange

Cela a provoqué le grand incendie de Chicago !

Nous sommes en novembre, à un mois de l'incendie ;

Et les pertes constatées sont de plus en plus élevées.

À mesure que les chiffres montent, les longs visages descendent,

Jusqu'à ce que le vantard d'il y a un mois apparaisse comme un clown.

La ruse de la tromperie est considérée comme une imposture ;

Les gens disent *fraude*, et les agents disent ——————,

Et les vieux récepteurs sinistres appellent pour les clés,

Les actifs, les papiers, les livres, s'il vous plaît.

AND SQUEEZE HIMSELF THROUGH THE SMALL END OF A HORN.

De toutes les choses indésirables que ce monde ait jamais vues,

Le plus amer est un *gouffre obligatoire* .

Pour une dignité gonflée, fière et bien née,

Qui prétend que son statut est aussi brillant que le matin,

Pour descendre et reconnaître docilement le maïs,

Et se serre à travers le petit bout d'une corne,

Suggère qu'un chant un peu moins prématuré,

Un peu plus de système, un peu plus de connaissances,

Des livres mieux tenus et des présentations plus précises,

Sont les meilleurs, à long terme, pour nos souscripteurs,

Pour leur épargner les ricanements et les railleries des médisants,

Les moqueries du public, les plaisanteries des écrivains,

Et un lancer de la vache à la corne froissée

Cela a renversé la lampe qui a mis le feu à la grange

Cela a provoqué le grand incendie de Chicago !

VOICI le réclamant, si pur et si doux,

Avec son cœur et ses manières fades comme un enfant,

Dont l'amabilité n'est jamais agacée,

Et dont les modestes demandes accompagnées de ses preuves de perte
sont déposées.

Son coût de propriété, comme le montrent ses actes,

Une somme qui dépasse dix mille fois

L'acarien de l'assurance pour lequel il plaide désormais.

Ses marchandises, certes, étaient pour la plupart épuisées ;

Son bâtiment à l'intérieur était une coquille, et à l'extérieur

Était plaqué avec de la pierre bon marché, du fer fin ou du coulis ;

Mais *sa parole* , bénis mon âme ! qui pourrait nourrir un doute,

Sa véracité ou son exactitude ?

Alors il empoche ses fonds, et il lève les yeux au ciel,

Cet homme aux manières douces, avec une surprise joyeuse ;

Et il se frotte les deux mains avec une joie innocente,

Ce qui ferait, j'en suis sûr, ton cœur bon à voir,

Alors qu'il *bénit* la vache à la corne froissée

Cela a renversé la lampe qui a mis le feu à la grange

Cela a provoqué le grand incendie de Chicago !

C'EST UN Ajusteur ! Maintenant, ouvrez les yeux.
Un homme qui fait le métier de la rapacité !

AN ADJUSTER, (AS THE CLAIMANT REGARDS HIM.)

Il réduira vos prétentions, il réduira vos preuves,

Il criblera votre affaire à travers ses chaînes et ses trames.

Et fouillez toutes vos maisons des caves aux toits

Pour un éclat avec lequel il peut attacher une chicane

Et réduisez votre prétention à une bouchée ou à un grignotage.

Et puis quand tu penses qu'il est prêt à payer

Il vous fera regretter d'avoir déjà été demandeur,

En vous facturant une réduction pour ces soixante jours,

Ou vous contrarier davantage avec des retards inutiles.

Ces horribles ajusteurs ! ils devraient avoir honte

Exercer une vocation si fortement diffamée.

"A quoi sert l'assurance si ce n'est à payer les pertes ?

Et pourquoi toutes ces questions, ces ennuis et ces contrariétés ?

Et pourquoi sommes-nous gênés et pourquoi sommes-nous contrôlés ?

Les assureurs peuvent réclamer (si seulement vous réfléchissez)

nous n'avons pas le droit de rejeter ;

Aucun droit que le peuple est tenu de respecter.

Ils doivent sourire et être patients, et sortir leur sac à main,

Et prenez ce que nous leur donnons, nos coups de pied ou nos malédictions ;

Inclinez-vous devant la vache à la vieille corne froissée

Cela a renversé la lampe qui a mis le feu à la grange

Cela a provoqué le grand incendie de Chicago ! »

C'EST l'assurance. Maintenant, satire, adieu !

subis la ville incendiée ,

Ça a dû sonner comme le glas du destin,

BELIEF IN HER HANDS AND DELIGHT ON HER WINGS.

À travers les années de prosternation, de blocage et de retard,

Ce qui traînerait insupportable tout le triste chemin,

Par lequel doivent résider sa rédemption et son ascension,

Si l'assurance n'avait pas accéléré, comme un ange qui apporte

Soulagement dans ses mains et délice dans ses ailes.

Tout l'honneur que nous donnons au métier que nous aimons ;

Elle a pour devise la parole d'en haut ;

La parole prononcée autrefois par l'amour tout-puissant.

Les fardeaux de chacun dans l'assurance que nous portons,

Et ses avantages sont partagés par tous ses participants.